W9-BYL-519

La casa junto al río

Un especial agradecimiento a Monika Keano
por emprender este proyecto conmigo.
Sin su revisión, este libro no habría
visto la luz en su forma actual.

Título original: My First Garden
Copyright © 2002 por Tomek Bogacki
Dirección de arte y diseño por Monika Keano
Traducción al español por: Eunice Cortés
Cuidado de edición: Rayo Ramírez

Primera publicación por:
Frances Foster books, Farrar Straus Giroux

Primera publicación en español para México y Estados Unidos:
© 2002, Editorial Planeta Mexicana, S. A. de C. V.
Avenida Insurgentes Sur 1898
Piso 11, Col. Florida,
01030 México, D.F.
ISBN: 970-690-649-5
Ninguna parte de esta publicación,
incluido el diseño de la cubierta,
puede ser reproducida, almacenada o transmitida,
en manera alguna ni por ningún medio,
sin permiso previo del editor.

Impreso en China

Mi primer
JARDÍN

Tomek Bogacki

Planeta Junior

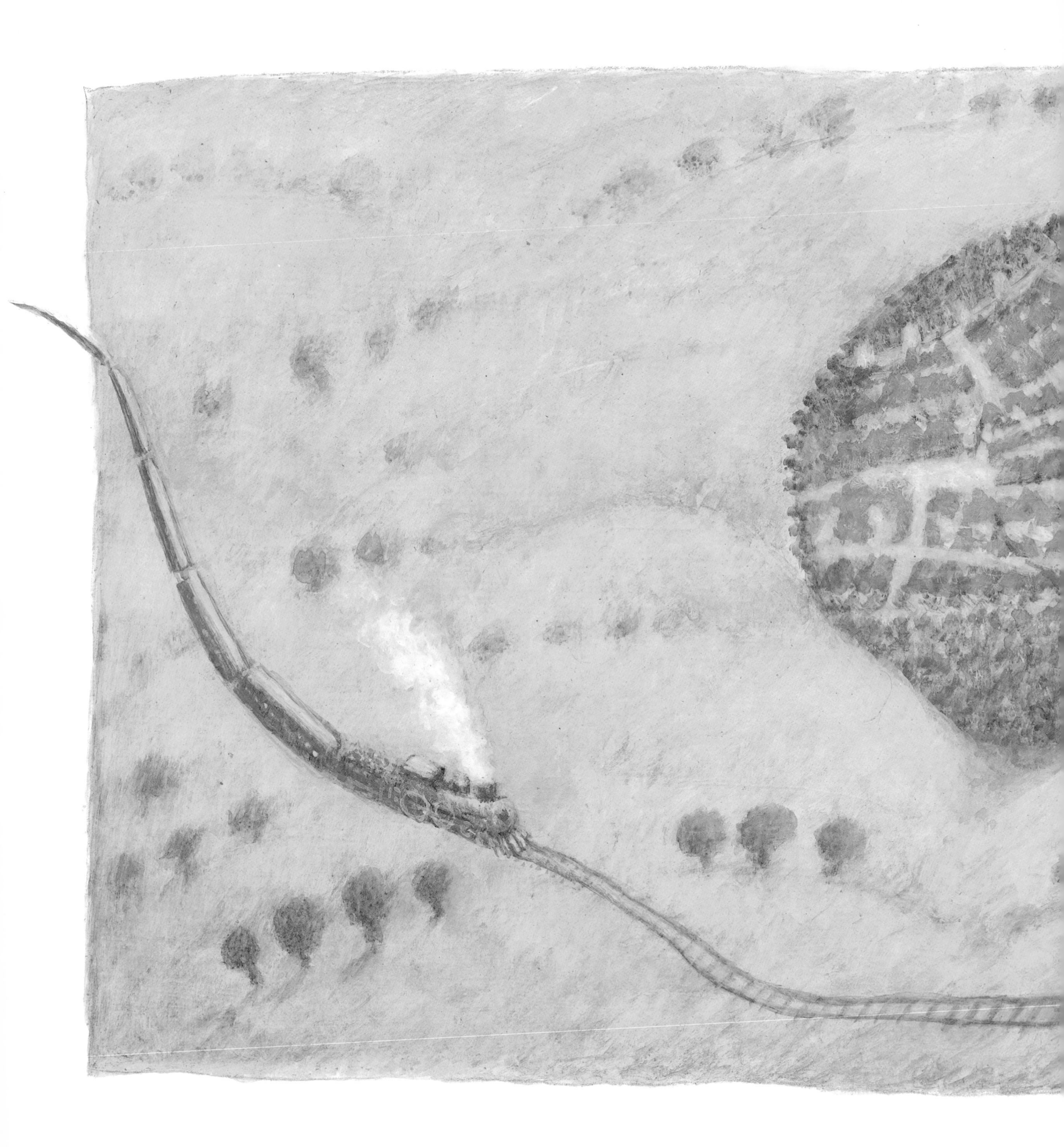

El tren se movía lentamente a través de los campos verdes. Un pueblo a la distancia me hizo pensar en el que yo nací. Estaba situado en un ancho valle que formaba un río, rodeado de colinas. Con sus casas de tejas rojas siempre me hizo pensar en un enorme lecho de flores.

Recordé cuando era niño y esperaba a mi padre en la estación de tren.

La casa en que vivía estaba
a la orilla del pueblo,
a un lado del río. Desde
la ventana de mi habitación
podía ver todo el pueblo con
su laberinto de callejuelas
estrechas y sus casas en hilera.

La casa era grande y el
pueblo era pequeño.
Eso es lo que todos decían.
A mí me parecía todo
lo contrario.

Mi madre siempre ponía flores frescas en el comedor.

Mi hermano tocaba el piano todas las tardes.
Estaba practicando para su primer concierto.

A mi hermana
le gustaba escucharlo tocar.

El ático era mi lugar favorito. Pasaba
horas allí leyendo, dibujando y soñando.

La cocina a menudo se llenaba de olor a
pastel de manzana recién horneado.

Me gustaba visitar al abuelo en su estudio.

Guardaba algunos de mis juguetes en el ático.

La bodeguita era el mejor lugar para escondernos.

No nos gustaba ir solos al sótano.

Vivíamos en el piso superior de la casa. Conocía cada rincón, sus escaleras, habitaciones, alcobas y corredores… todos sus escondites secretos, desde el sótano hasta el ático. Pero de mi pueblo, sólo conocía unas cuantas calles.

La escuela estaba justo a la vuelta de la esquina de mi casa.
¡"Dejen de hacer ruido!", gritaba la señora Del Valle.
Al salir de la escuela y camino a casa, podía comprar helado o dulces en la pequeña pastelería…
…y me gustaba detenerme en la librería a mirar los colores de los libros.

Al terminar la escuela, pasaba la mayor parte del tiempo con otros niños que vivían en nuestra casa. Nos gustaba jugar en el patio empedrado que había detrás, siempre hacíamos mucho ruido, ensuciabamos la ropa recién lavada que se secaba al viento, o alguien lanzaba la pelota justo contra una ventana.

A menudo deseábamos que el patio empedrado fuera sólo para nosotros.

En ocasiones nos cansábamos de los juegos que conocíamos. Los jugábamos una y otra vez y ya no sabíamos qué hacer.

Hasta que un día conseguí una bicicleta. Había pertenecido a mi hermano mayor y ahora era mía.

La calle de la Iglesia subía la colina.

La calle Angosta bajaba la colina.

La calle del Agua seguía la corriente del río.

Cuando iba al parque rodeaba al Ayuntamiento.

El parque era uno de mis lugares favoritos

La calle Principal era la más grande del pueblo.

Cada día descubría nuevas calles.

Paseaba en mi nueva-vieja bicicleta por todas partes. El pueblo parecía volverse más pequeño cada vez que iba más lejos.

Los viernes manejaba hacia la estación del tren para encontrar a mi padre que volvía de la gran ciudad, donde trabajaba.

Casi siempre era divertido deslizarnos por el barandal ...

Iba en la bicicleta a la escuela aun cuando estaba justo al doblar la esquina.

En la clase de biología vimos salir diminutas plantitas verdes de unos frijolitos.

"¿Podemos caernos de la Tierra?", nos preguntamos en la clase de geografía cuando el maestro nos explicó cómo funciona la fuerza de gravedad.

En la escuela, me gustaba la biología, la geografía y, quizás por encima de todo lo demás, mi clase de dibujo, pero lo que más quería era andar en mi bicicleta…

Aprendimos todo sobre perspectiva en nuestra clase de dibujo.

Un día después de la escuela, salí del pueblo en mi bicicleta. El camino se extendía ante mí como en la perspectiva que habíamos aprendido en nuestra clase de dibujo. Llegué a un prado lleno de flores silvestres. Me gustaron muchísimo más que las piedras de nuestro patio.

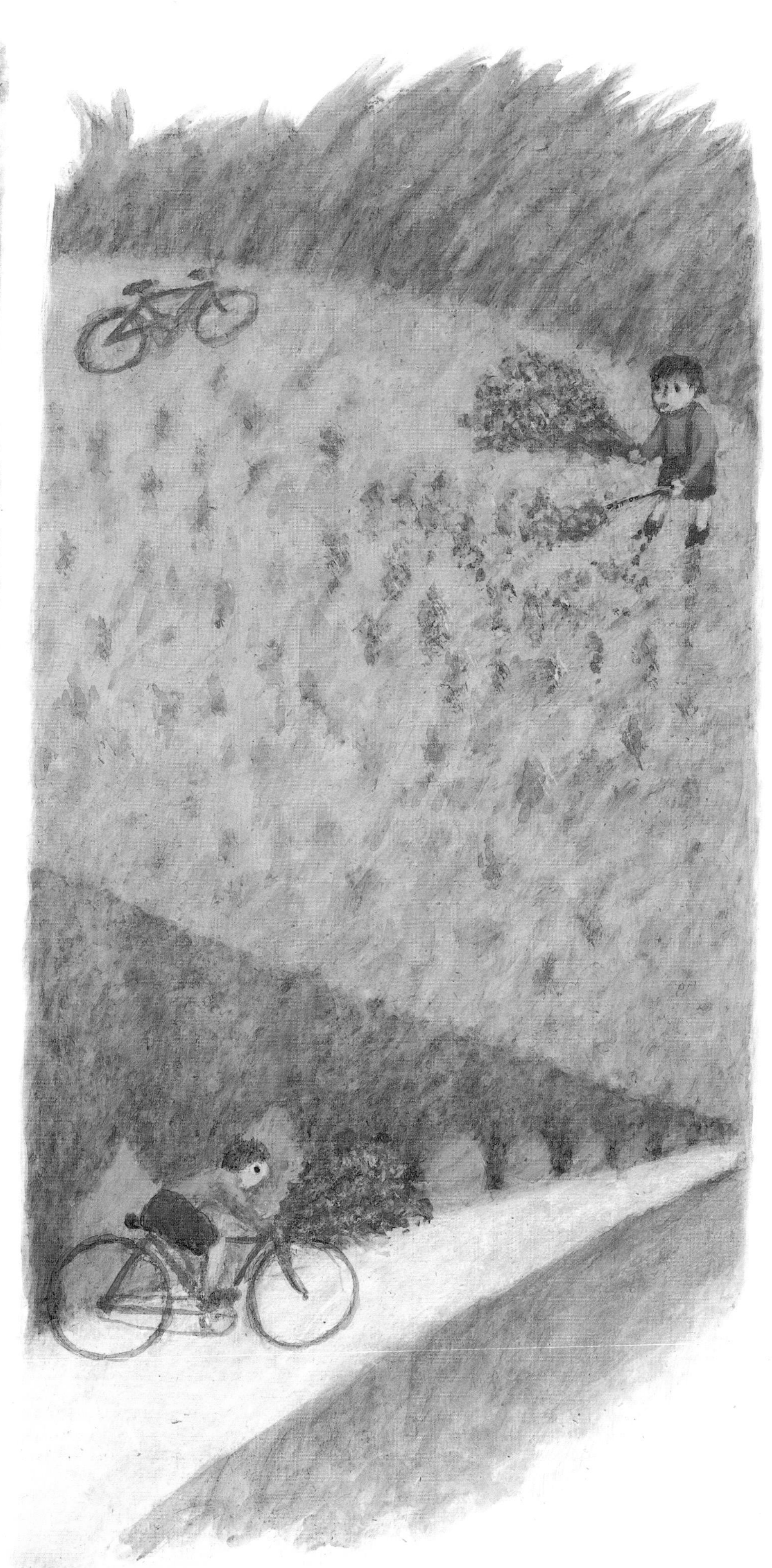

Traje a casa un enorme ramo de flores silvestres. Mi abuelo me ayudó a colocarlas en un florero en nuestro comedor.

"¿Crees que podríamos tener flores en nuestro patio?", le pregunté.

"Claro que sí", dijo. "Alguna vez hubo un hermoso jardín allí, alrededor del pozo. Hace mucho tiempo, cuando yo era un niño, como tú."

Me pregunté si habrían quedado semillas del jardín de mi abuelo. Regué las piedras esperando que creciera algo nuevamente.

Tomé mi bicicleta y fui a
dar un paseo, como lo hacía
a diario. Mientras paseaba
pensé en el jardín que alguna
vez creció en nuestro patio
e imaginé el patio lleno de
flores otra vez.

De pronto me di cuenta de que estaba en un camino por el que nunca antes había pasado. Pasé muchas cercas y puertas. Las casas eran cada vez más y más escasas. No estaba seguro dónde estaba. Me detuve frente a una puerta abierta. Me bajé de la bicicleta para entrar y me encontré dentro de un hermoso jardín.

"¿Te gustan las flores?", escuché una voz detrás de mí. Voltee y vi a una señora con un enorme sombrero de paja que sostenía una regadera.

"Cada flor de mi jardín tiene su propia historia", dijo. "Y, sabes, hace mucho tiempo aquí sólo había piedras", añadió con una sonrisa.

La tarde transcurrió muy rápidamente mientras caminábamos por ese mágico lugar.

Cuando volví a casa ya casi era de noche. No había nadie en el patio. Abrí el cuarto de herramientas. Todo lo que necesitaba estaba allí. Entonces empecé a trabajar.

¿Qué está haciendo?
Traje palos para construir una cerca.
Quité las piedras alrededor del pozo.
¿Qué está haciendo?
Conseguí plantas en el mercado.

Escarbé y rastrillé hasta formar unas jardineras redondas.
Coloqué las plantas en la tierra.
Las regué todos los días.
¿Qué está haciendo?
Con el paso de los días, esperé que crecieran las plantas.
Un día vi las primeras florecitas.

A todos les gustó el jardín
y querían ayudar.

Ahora podíamos jugar en nuestro patio todo lo que queríamos.
Parecía que ya no molestábamos a nadie.

Incluso las señoras Del Valle
y Del Campo se sentaban
durante horas en una banquita
en frente del jardín a conversar.

El tren se detuvo en una
pequeña estación a la orilla del
bosque. A través de la ventana
podía ver a mi hijo esperándome
a un lado de las vías, como yo
solía esperar a mi padre.

En el camino a casa hablámos sobre el primer jardín de mi hijo, el que estaba haciendo él mismo.

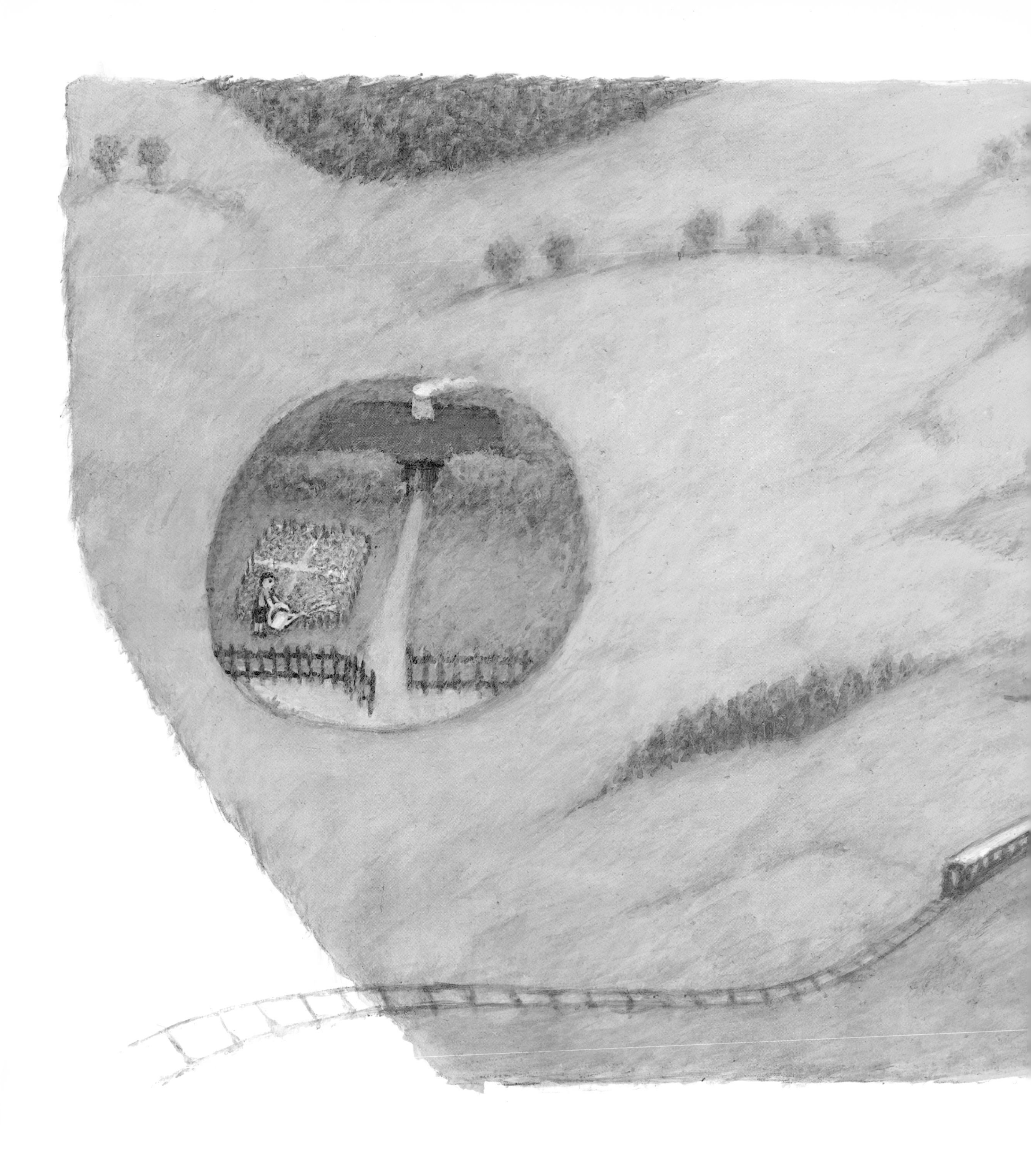

El tren se alejó lentamente
a través del campo verde...